じごく小学校
わるい子通信

みなさん、
「じごく小学校」のお話もこれで５さつ目です。みなさんは、何さつ読みましたか？
みなさんならよく知っていると思いますが、『じごく小学校』というのは、いたずらや悪いことをしたらほめられるという、世にもすてきな小学校です。
毎日、たくさんの子どもたちがいつかりっぱなじごくの門番になるために、まじめに悪いことをしています。

今回のお話は、板図良強さんがふしぎな力を持つ、「いたずらペン」をなくしてしまいます。ペンをなくすと、じごく世界の住人にならなくてはならないと知った強さんは、無事いたずらペンを見つけることができるのでしょうか？

今回は、ちょっとした謎解きのお話です。
では、今回もお楽しみに。

じごく小学校

有田奈央・作
安楽雅志・絵

はんにんは このなかにいる!?

いたずらがきが本当(ほんとう)になるペンがあったとしたら
あなたならほしいですか？

ポプラ社

「見て、強くん。みんなびっくりしているよ！」
「やったね」

今日は、なんとルリちゃんの家に遊びに行くことになった。ルリちゃんにさそわれたのだ。
「じゃ、お母さん。行ってくるね」
「強、お家の方によろしく伝えてちょうだい。ルリちゃん、今度うちにもゆっくり遊びに来てね」
「わかりました」
「行ってきまーす」

「わたし、板図良さんが家に来るのを楽しみにしていたの」
「そっか」
　それにしても、ずっと気になっていたけれど、ルリちゃんの家ってどこにあるのかな。一体どんな家に住んでいるのだろう。
　こんな家？

はっ、そういえば。ルリちゃんの家に行ったら校長先生がいる、なんてことないよね？
　ルリちゃんのお父さんは校長先生なのだから、いてもおかしくない。だいじょうぶかな。
「板図良さん、どうしたの？　真っ青だよ」
「いや、ちょっとね。武者ぶるいというか、こわいもの見たさというか」
「ふーん。何それ」
「へへっ。気にしないで」

ルリちゃんの家は、ぼくの家からさほど遠くない場所にあった。
「ここだよ」

「へぇ、想ぞうしていたのと違う」
「そう？　この家はね、とくに空の上から見たらすてきなんだよ」
「そうなんだ」

「これ、わたしのお気に入りなの。ボタンをおすと動くんだよ。かわいいでしょう」
「う、うん」
「オイラこわいよ〜」

「おーい。ルリ。ただいまー」
1階から声が聞こえてきた。
「校長先生じゃないよね？」

「パパじゃないよ。おじいちゃんが帰ってきたみたい。おじいちゃ〜ん。おかえりー」
　そうだった。ルリちゃんは、おじいちゃんと二人でくらしているんだった。
「板図良さん、ようこそわが家へ」
「こ、こんにちは」
「ほれ。板図良さんが来ると聞いていたから、おやつのクッキーを買いに行っていたんだよ。さ、食べなさい」

「ありがとうございます。お母さんがよろしくと言っていました」
「おお、そうかね。ところで、この前またじごく小学校に行ったようだね。じごく小学校にはなれたかね」
「なれないです……」
「ハハハハハ。そうか」

「おじいちゃんは人間世界に住んで長いのよ」

「ルリちゃんのおじいちゃんは、どうして人間世界に住んでいるのですか？」

「ふむ。ワシはな、人間世界に、どうしてももう一度会いたい人がいるのだよ。だから人間世界に住んでおる」

「会いたい人——!?」

「その人はどんな人なの？」

「ワシがまだわかくて、えんま大王だったころのことだ。人間世界に行った時に、海さんという人間の子と恋に落ちたのだよ。そりゃ笑顔のすてきな楽しい子でな。ワシはにんむも忘れて、海さんとデートばかりしていたものだ」

「にんむって！？」

「君のようないたずらの天才を見つけることさ」

「へぇ」

「ワシは海さんのことが大好きだった。だが、じごく世界のえんま大王が、人間に恋をするなんてゆるされるわけがない。なやんだ末、ワシは海さんに別れを告げることもなく、ある日とつ然、すがたを消した。そうするしかなかった。

それから月日は流れ、今にいたるわけだ。だが、どうしても、もう一度海さんに会いたくてな。会ってあの日、目の前から消えたことをあやまりたいのだ。

それで、人間世界に住むことにしたんだよ。人間世界にいれば、海さんとどこかで会えるかもしれないからね」

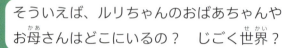

おじいちゃん、そんなことがあったの

そういえば、ルリちゃんのおばあちゃんやお母さんはどこにいるの？　じごく世界？

ママはじごく世界にいるよ。でも、おばあちゃんはもういないよ。ずいぶん前に死んでしまったから

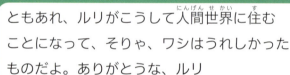

えっ、じごく世界の鬼も死んじゃうの!?

うん。じゅ命はあるよ

ともあれ、ルリがこうして人間世界に住むことになって、そりゃ、ワシはうれしかったものだよ。ありがとうな、ルリ

ルリちゃんのおじいちゃんに、そんな事情が
あったなんて、びっくりだ。
　その日は、夕食をごちそうになって、とても
楽しい一日だった。

　ルリちゃんのおじいちゃん、いつか海さんと
また会えるといいね。
　ぼくは、そんな風に思った。

ある日のこと。
キンコーン、カンコーン。
　休み時間に、ルリちゃんといっしょにろう下にいると、みんながさわぐ声が聞こえた。
「何だろう？」
「板図良さん、あっちに行ってみよう」
「うん」

人だかりに行ったぼくとルリちゃんは、
あまりにもおどろいた。
なんと！　そこには、じごく小学校の
鬼野王子さんがいたのだ！

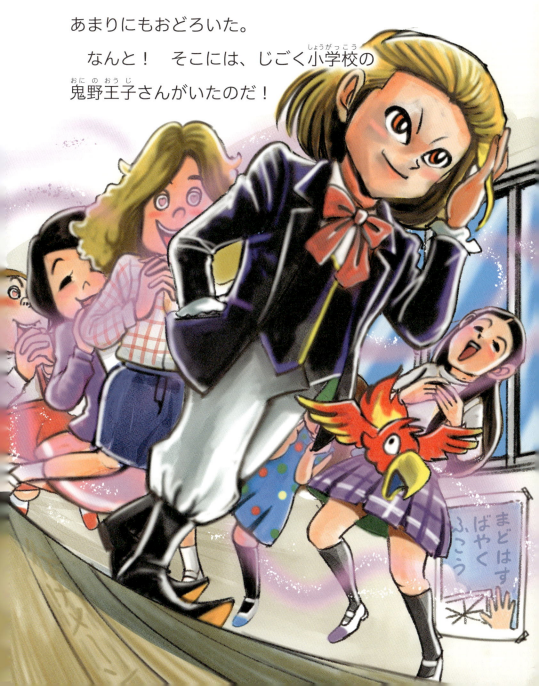

鬼野さんが、ぼくとルリちゃんに気づいた。
「やぁ、久しぶりだね。二人とも」
「鬼野さん！　どうして不通小学校にいるの!?」
「びっくりよ！　どうやってここに来たの？」

「校長先生に特別に許可を頂いて、君たちと同じように音楽室のピアノを使って来たのさ。ちょっと板図良さんに渡すものがあってね」
「ぼくに渡すものって?!」
「ハイ。校長先生から。しょう待じょうだよ」

「えっ、校長先生から？」

鬼野さんから渡されたしょう待じょうを見てみた。

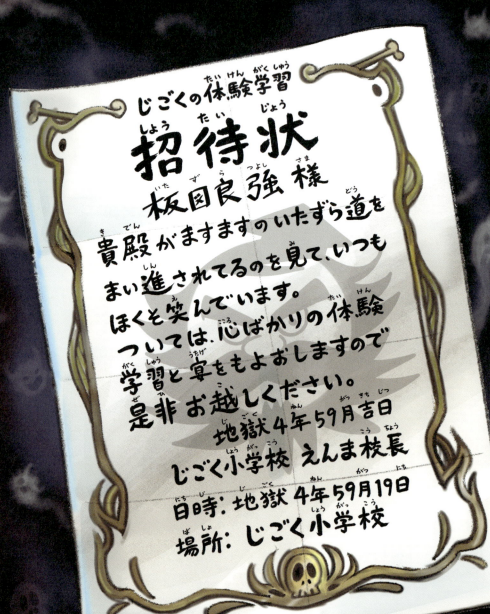

「なっ、何これ!?」
「今度、じごく世界でひらかれるんだ。校長先生が、ぜひ、板図良さんに参加してほしいとおっしゃっていたよ」

「わぁ、面白そうじゃない」
「やだよ!」

じごく世界は、やっぱりおっかない。
それに、この間も、同じクラスの
大木井丸男さんを、あやうくじごく小学校に
転校させてしまうところだった。

鬼野さんとのいたずら対決で、どうにか勝って
大木井さんをじごく小学校に転校させずにすんだ
ものの、負けていたらどうなっていたことやら。

「参加すればいいじゃないか」
「とんでもない!」
「ねぇねぇ、板図良さん。こちらお友だちなの?」
 同じクラスの鏡ミルさんが、ぼくらにわって入ってきた。と同時に他のみんなが、ぼくにつめよってきた。

「みんな、一体そんな所に集まって
どうしたのですか。もう授業が始まりますよ」
　先生がやってきた。
「おや？　あなたは？」
「はじめまして、先生。ぼくは鬼野王子と
申します。板図良強さんの友だちです」

「ほう。板図良さんのお友だちですか」

「わー、鳥がしゃべった！」
「すごい」
「しゃべるオウムなのね」
「何ていう名前？」

「わたくしの名前は、ノーブルです」
「わぁ〜。自分の名前を言った！」
「言葉をわかっているんじゃない？」
「何だい。オイラだってしゃべることができるのに。強くん、オイラもしゃべりたいよ」

「シッ。いたずライオンは
しゃべったらダメだよ」
「くうぅ～」

「ノーブル、いいかい」
鬼野さんが合図を送ると、とつ然ほのおが
出てきて、鬼野さんとノーブルを包みこんだ。

「い、今のは一体？」
「先生、手品ですよ」

「ルリちゃん、鬼野さんあんなことができるの？」
「鬼野さんは、ほのおの魔力があるのよ」
「へぇ」

「ちょっと鬼野さん、先生が困っているよ。
お願いだからじごく世界に戻ってよ」
「さっきも言っただろう。板図良さんが
校長先生のしょう待を受けるならすぐに戻るよ」
「そんなぁ」
鬼野さんは、一歩も引く気配がない。

「うう……。わかったよ。行くから」
　ぼくは、やむを得ず、校長先生のしょう待を受けることにした。
「板図良さん、参加するのね！」
「強くん、本当にいいの？」

「フッ。うれしいよ。**パーフェクト!!**」

そう言って、鬼野さんは、ようやくじごく世界に戻って行った。

「鬼野さん〜また来てね!」
「バイバーイ」

「板図良さん、心配しないで。わたしも参加するし、きっと気に入るから。うふふ」
「強くん、オイラもついて行くからさ」

トホホ……。

はぁ〜。一体どうなるのだろう。

「板図良さんのいたずらは最高ね」
「楽しいね」
　その時だ。
　てるよちゃんとよっちゃんが、遠くからぼくらをよんでいた。

「わ！　てるよちゃんとよっちゃんが、こっちに向かって来る」
　ふぅ〜。あぶない、あぶない。
間一ぱつで、ねこたちが消えた。
　いたずらペンのことがバレたら大変だ。

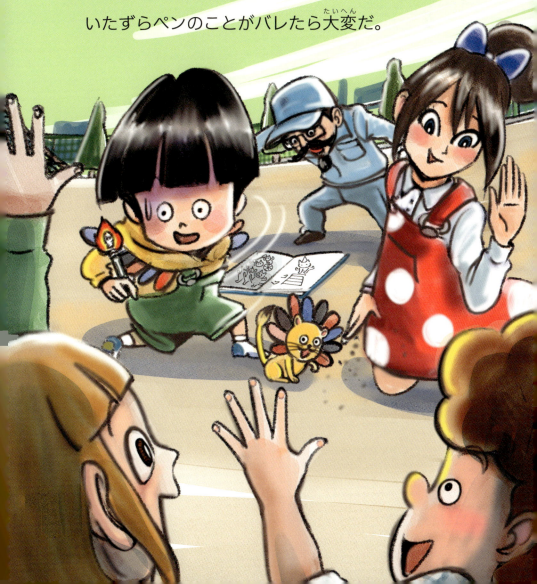

「そんなにあわててどうしたの？　強くん」
「な、何でもないよ」

「何をかくしたの？　あ、ペンとノートだ。強くん、いつもそれをもって遊んでいるけど、何なの？　そのペン」

てるよちゃんがペンを取り上げた。

「わ、てるよちゃん返してよ！」

「返すけど、今日、学校が終わってから、みんなでヨイコ公園に行く約束だよ。覚えてる？」

「あぁ〜、そうだったね。ちゃんと行くから。じゃ、またね」

「待ってよ、強くん。どこに行くの。遊ぼうよ」

「ごめん。ちょっと今は用事があって」

「強くん！」

強くんと初めて出会ったのは幼ち園の時。そのころ、私は人見知りがはげしくて、人と話すことがすごく苦手だった。
　せっかくみんなが話しかけてくれても答えられないものだから、そのうちだれも私に話しかけなくなった。

でも、強くんはちがった。

「てるよちゃん見て」
「きゃっ」
　いつもふざけながらも、私のことを気にかけてくれて。
「ほら」
「何それ」
　幼ち園で、あんなに大きな声でわらったのは、初めてだったな。

それから、よっちゃんとも仲良くなって、私たち三人はいつもいっしょに遊んでいた。強くんたちと遊ぶようになって、私はいつの間にか、他の人ともちゃんと話すことができるようになった。

私たち三人は、小学生になっても仲良しで、四年生になったら、みんな同じクラスになれた。いつもいっしょに遊んでいたのに。

頭類ルリちゃんが転校してきてから、
強くんは、ルリちゃんといっしょにいることが
多くなった。どうしてだろう。

私やよっちゃんと遊ぶよりも、ルリちゃんと
遊ぶ方が楽しいのかな。
「てるよちゃん、教室に戻ろう」
「うん」

「ルリちゃん！　鬼ごっこだからって、本当に鬼に変身しちゃいけないよ。またてるよちゃんに見られたらどうするの！」
「えへへ」

「レドモ〜」
ルリちゃんが鬼から人間に戻った。
「何だろう。さっき、ルリちゃんが鬼に見えたよ」
「きっと気のせいよ」

「ただいまー」
　家に帰ってからしばらくして、ぼくは、とんでもないことに気づいた。
「ない、ない、ない!!」
「どうしたの。強くん」

「どうしよう、いたずライオン。いたずらペンをなくしちゃったみたい」
「ええっ!?」

部屋の中はもちろんのこと、ランドセルや洋服のポケットの中もすみずみまで探したけれど、見つからない。
「どこかに落としちゃったのかな」

「落ち着いてよく考えて、強くん。今日は学校で昼休みにいたずらペンを使ったよね」
「うん」
「ヨイコ公園に行った時はどう？いたずらペンはもっていたの？」
「うーん……。もっていたと思うけど、どうだったかなぁ」

「何をさわいでいるの、強。それに、何この部屋。こんなに散らかして！」
　お母さんが部屋にやってきてジロリとにらんだ。
「それどころじゃないんだよ。大事なペンをなくしちゃったんだ」
「あら。ペンならボールペンを使いなさいよ」
「それじゃダメなんだよ！」
「とにかく、さっさと部屋をかた付けて、それからご飯食べなさい。まったく」
「え〜、おなか空いたよ」
「ご飯はかた付けてからよ」
　くぅ〜。お母さんの意地悪！

　ここで、いたずらペンを使って、お母さんにいたずらをしようと思った。
　けれど、かん心のいたずらペンがない。
「強くん、ひとまず部屋をかた付けよう」
「うん」
「いたずらペンは、明日いっしょに探そうよ」
「そうだね。いたずライオン」
　もし、いたずらペンが見つからなかったらどうしよう。もういたずらペンを使って遊ぶことができなくなるのかな。イヤだな。
　それに、校長先生におこられるかも。なんて言われるだろう。

想ぞうしただけで、気が重い。
　その夜は、いたずらペンのことが気になって、なかなかねつけなかった。

次の日。
ぼくはルリちゃんに、いたずらペンを
なくしてしまったことを伝えた。

え〜、よく探してみたの？

見つからないんだ

ちょっと待っていて。パパ……校長先生に
ほう告してくるよ

うん

この間、ルリちゃんの
パパが、実は校長先生
だったというしょうげきの
事実を知ったばかりだ。
「強くん、大丈夫だよ。
きっと」
「だといいけど……」

「だから、必ず見つけなさいって。このままいたずらペンが見つからなかった場合は、罰としてじごく世界の住人になってもらうと言っていたよ」
「じごく世界の住人⁉ そんなぁ！どうしよう」
　なんてことだ、そんなのぜっ対にイヤだ。
「校長先生の言うことはぜっ対だから、きっとじょうだんではないと思う」
「強くん、ちょっと大丈夫じゃなかったね」
「いたずライオン〜」

　　　強くん、一体どうしたの

「実は……」
　ぼくはみんなに大事なものをなくしてしまったと伝えた。

　　　強くん、そんなことがあったんだ

　凡人くんが心配そうに聞いてきた。

「うん、そうなんだ」

　　　昨日、ヨイコ公園で遊んだ時に落としたか、学校のだれかが拾ったとか？

　　　うん、その可のう性もあるよね

　　　何か力になれないかなぁ。
　　　ペン、見つかるといいね

「トホホ……」
　考えれば考えるほど、ぼくはぜつぼう的な気持ちになった。
「はぁ〜、どうしよう」
　でも、ぜっ対に見つけないと大変だ。
　教室に戻って席に着こうとした時、大木井さんとぶつかった。

　大木井さんは、ぼくの顔を見たしゅん間、顔色を変えてサッと何かをかくした。

「大木井さん、何それ？」
「なっ、何でもないよ」

大木井さんはすごくあせった様子だ。
「強くん、何だかあやしいね。もしかして強くんのいたずらペンをもっているとか……」

「まさか、大木井さんが！」

「大木井さん、それ見せてよ！」
ぼくは力ずくで大木井さんのかくした手を見てみた。すると……。

それは０点のテストだった。
「これって……」

「チッ、強にだけは見られたくなかったぜ。強の８点より低い点数だからな。今回ばかりはちょっと調子が悪かったんだよ」

体育の授業が終わって、教室に戻った時のことだ。
「てるよちゃん、何しているの？」
「強くん！」

答え　強くんのふで箱がほんの少し開いている

「それより、どうしててるよちゃんが、板図良さんのペンをもっているのよ」

「いたずらペンがなくなったのは、てるよちゃんがかくしたからだね！」

いたずライオンがキッパリと言った。

●いたずライオンはどうしててるよちゃんがペンをかくしたと気づいたのかな？　ページをさかのぼって考えてみよう！

推理ができたらページをめくってね！

「ねぇ、ルリちゃん。いたずらペンのことを、てるよちゃんとよっちゃんにだけは言ってもいいかな」
「え、どうして？」
「ぼくがいたずらペンのことをよっちゃんやてるよちゃんにずっとひみつにしていると、また今日のようなことが起きるかもしれないし。いたずらペンがなくなったら大変だもん」
「そうね。じごく世界のことは言ってはいけないけど、いたずらペンくらいならいいんじゃない」

　というわけで、ぼくはてるよちゃんとよっちゃんに、いたずらペンのことをこく白した。
「へぇ、このペンが！　強くん、すごいものを手に入れたんだね」
「うん、だれからもらったか今は言えないのだけど、いつか言える時が来たら言うね」
「うん。わかった」

「やっぱりこのペンは魔法のペンだったのね！あやしいと思っていたんだ！」
「てるよちゃん、このことはぜっ対にだれにも言わないでよ。約束だよ」
「わかってるって」

ところが。
「板図良さん、ちょっと教室に来てよ」
「ルリちゃん、どうしたの」

てるよちゃんはさっそくクラスの子に、いたずらペンのひみつを教えようとしていた。

「ちょっとてるよちゃん!」
「てへ」
「まったく」

「てるよちゃん、さっそくいたずらペンのことをだれかに言おうとしたわね。じごく小学校のじどうになれそう」
「困るよ。こうなったら、てるよちゃんにいたずらをしよう。反省してもらわないと」
「板図良さん、いたずらペンを使うのね」
「もちろん」

　ぼくは、てるよちゃんが一人になるのを見計らって、いたずらペンで校長先生をかいた。すると……。

「きゃぁぁぁぁ〜！」

「うししっ。追いかけよう」
「パパそっくり」
と、次のしゅん間……。
てるよちゃんが階段の近くでつまずいてしまった。
「わ、落ちる!」

「強くん。大木井さん、さっきはまさしく肉だんごマンみたいなヒーローだったね」
「うん」

ぼくはてるよちゃんにかけよった。
「てるよちゃんっ、大丈夫!?」
「あ、強くん」

「ごめん、てるよちゃん。ぼくがいたずらペンを使ったんだ」
「本当にすごいペンね。私こそ、ペンのことだれにも言わないって言ったのに。ごめんね」
「こんなことになるなんて思いもしなかったんだ。ぼくこそごめんね。てるよちゃん」

　もし、あの時大木井さんがいなかったら、てるよちゃんは階段から落ちて大ケガをしていたかもしれない。

　いたずらのせいでケガをするなんて、そんなこと、考えただけでイヤだ。

著者紹介

作 有田奈央（ありた・なお）

1979年福岡県生まれ。
『おっぱいちゃん』（ポプラ社）で絵本作家としてデビュー。同作で第24回けんぶち絵本の里アルパカ賞を受賞。そのほかの作品に『じごくバス』（作を担当）『トイレこちゃん』（絵を担当、以上ポプラ社）『おならひめ』（作を担当、新日本出版社）などがある。

絵 安楽雅志（あんらく・まさし）

1975年生まれ。広島県育ち。
飲食店の壁画、看板、鳥瞰図、映像など、「ニッポン」をテーマになつかしさとユーモア、迫力ある絵をえがく。作品に『じごくバス』（絵を担当、ポプラ社）、ひげラク商店の名で『カレー地獄旅行』（パイ インターナショナル）『ガイコツ先生のひみつ教室』（毎日小学生新聞）などがある。

じごく小学校シリーズ 5

じごく小学校 はんにんは このなかにいる！？

発行　2025年3月　第1刷
　　　2025年4月　第2刷

作　　　有田奈央
絵　　　安楽雅志
発行者　加藤裕樹
編集　　髙林淳一
発行所　株式会社ポプラ社
　　　　〒141-8210 東京都品川区西五反田3-5-8　JR目黒MARCビル12階
　　　　ホームページ　www.poplar.co.jp
印刷・製本　中央精版印刷株式会社
ブックデザイン　楢原直子（ポプラ社デザイン室）
校正　　株式会社鷗来堂

作中の絵探しや、迷路は、答えが見つかるまで何度でも挑戦してみてね
by 校長先生

ISBN978-4-591-18568-1　N.D.C.913　95p　22cm
© Nao Arita / Masashi Anraku 2025　Printed in Japan

落丁・乱丁本はお取り替えいたします。ホームページ（www.poplar.co.jp）のお問い合わせ一覧よりご連絡ください。

読者の皆様からのお便りをお待ちしております。いただいたお便りは著者にお渡しいたします。

本書のコピー、スキャン、デジタル化等の無断複製は著作権法上での例外を除き禁じられています。
本書を代行業者等の第三者に依頼してスキャンやデジタル化することは、たとえ個人や家庭内での利用であっても著作権法上認められておりません。